Marcos Cezar de Freitas

Memórias de um menino que se tornou estrangeiro

Ilustrações: Joubert José Lancha

1ª edição
2ª reimpressão

© 2007 texto Marcos Cezar de Freitas
ilustrações Joubert José Lancha

© Direitos de publicação
CORTEZ EDITORA
Rua Monte Alegre, 1074 – Perdizes
05014-000 – São Paulo – SP
Tel.: (11) 3864-0111 Fax: (11) 3864-4290
cortez@cortezeditora.com.br
www.cortezeditora.com.br

Direção
José Xavier Cortez

Editor
Amir Piedade

Preparação
Ricardo Kato Mendes

Revisão
Alexandre Ricardo da Cunha
Oneide M. M. Espinosa
Roksyvan Paiva

Edição de Arte
Mauricio Rindeika Seolin

Impressão
EGB – Editora Gráÿca Bernardi

Dados Internacionais de Catalogação na Publicação (CIP)
(Câmara Brasileira do Livro, SP, Brasil)

Freitas, Marcos Cezar de.
  Memórias de um menino que se tornou estrangeiro /
Marcos Cezar de Freitas; Joubert José Lancha, ilustrações. –
São Paulo: Cortez, 2007. – (Coleção Astrolábio)

ISBN 978-85-249-1270-2

  1. Literatura infantojuvenil I. Lancha, Joubert José.
II. Título. III. Série.

07-6992   CDD-028.5

Índices para catálogo sistemático:

1. Literatura infantojuvenil   028.5
2. Literatura juvenil   028.5

Impresso no Brasil — fevereiro de 2023

*Este livro foi feito para um menino
e para uma menina: Tatashi e Pits.
Espero que se lembrem sempre
de todas as vezes que fomos, juntos, estrangeiros.*

1

Acho que testemunhei muita coisa.

Dependendo do que ocorra em nossa vida, facilmente perdemos a noção de tempo. Se, de repente, já não se pode ir à escola ou se o almoço já não acontece na hora do almoço, tem-se a impressão de que a vida está de cabeça para baixo.

Era exatamente assim que eu me sentia toda vez que era necessário correr para um abrigo construído pelos homens do bairro. Era um abrigo contra bombas e estávamos em guerra. Não me pergunte por quê.

Meu país estava em guerra contra dois outros países, que eram aliados. Repito: não me pergunte por quê.

Eu sempre achei que morava na Rua 11, que brincava com os meninos da Rua 19 e que era perigoso passar pela Rua 16, porque lá passava a estrada de ferro e minha mãe morria de medo de que fôssemos atropelados.

Sempre soube também que aquela bandeira lilás que balançava em frente a nossa pequena escola era a bandeira do meu país. Mas, para falar a verdade, sempre me pareceu mais fácil entender que morava na Rua 11 e pronto.

Quando a guerra começou, nossa vida em poucos dias mudou muito. Antes dos primeiros bombardeios, nunca tinha visto qualquer pessoa em frente à bandeira a não ser no feriado nacional, pois foi só nosso lugar ser atacado e, todo dia, todo dia mesmo, vários homens e mulheres reuniam-se para homenagear nossa bandeira. Cantavam, erguiam a mão direita e batiam palmas. Quando isso acontecia, todos os adultos que passavam tiravam o chapéu e as mulheres acenavam.

E foi assim. De repente, lembrar que eu morava num país ficou mais importante do que lembrar que eu morava na Rua 11. Ela, aliás, não tinha bandeira, e não foram poucos os meninos e meninas que lamentaram o fato de ninguém até então ter tido a ideia de criar a bandeira da nossa rua.

Depois do segundo bombardeio, o muro que separava nossa Rua 11 da Rua 10 caiu e com ele duas casas antigas que estavam ao lado. Se, antes, pular um muro tão alto para chegar à outra rua era impossível, agora, transpor uma montanha de tijolos e pedras parecia ser muito mais fácil e divertido. A montanha passou a ser um ponto de encontro entre as crianças das duas ruas.

Quando a sirene tocava somente uma vez, podíamos ir à escola pela manhã. Quando tocava duas vezes, era sinal de que algo perigoso poderia ocorrer. A ordem então era não sair de casa. O pior se dava quando a sirene tocava três vezes. Isso queria dizer bombardeio, e fugir de uma chuva de bombas não

é fácil, principalmente porque os homens que decidiam fazer aquela chuva – também não me pergunte por quê – achavam sempre mais adequado trabalhar à noite. Quando amanhecia, encontrávamos novas montanhas de tijolos para subir, mas também deixávamos de encontrar algumas pessoas que até um pouco antes daquela chuva estavam conosco. Naquele tempo, era assim: perdíamos pessoas e ganhávamos montanhas.

Mas o controle do tempo, eu estava dizendo, era algo realmente fácil de perder. Houve um dia em que, após muita confusão e corre-corre, descobrimos que estávamos no porão da estação ferroviária, aliás um porão imenso com um salão gigantesco e cheio de cantos. Parecia um labirinto.

Ficamos tanto tempo lá, que algumas mulheres decidiram sair e, quando voltaram, puseram um panelão de água para esquentar e fazer sopa para todos. Esta é uma lição dos tempos de guerra: ou não se come ou se come sopa. Uma outra lição é muito mais difícil: o de repente das ações da guerra faz com que às vezes nos separemos de nossos pais. Quando se vê, uma multidão levou um filho ou uma filha num sentido e deixou um pai ou uma mãe noutro. Nessa história, eu me separei algumas vezes de meus pais, e isso foi o que de pior me aconteceu durante a guerra.

Como fugir acontecia com frequência, até com isso nos acostumávamos, com as separações, embora fosse muito duro. O fato é que os mais velhos acabavam se tornando pais provisórios numa situação em que todos têm de cuidar de todos.

7

Estávamos lá, no porão da ferrovia; éramos centenas de pessoas. Nas passagens laterais e nas janelas, foram colocadas tábuas largas para que não fosse possível nos observar a distância. Numa das vezes, jogamos futebol pela madrugada. Ninguém, entre as crianças, sabia exatamente o horário, já que o relógio da estação tinha sido atingido. Entre os adultos ali presentes naquela noite, por incrível que pareça, nenhum possuía relógio de pulso. Numa guerra, quase ninguém consegue continuar trabalhando. É por isso que objetos como relógios e pertences antigos passaram a ser vendidos ou trocados, pois quase ninguém conseguia mantê-los. Quanto ao futebol de madrugada, aqueles adultos, penso eu, desistiram de nos convencer de que o melhor a fazer era dormir.

2

Q uando saía de lá, pensava que jamais voltaria para aquele lugar. Mas o porão da estação, quando a guerra se tornou ainda mais intensa, foi transformado em escola. Era uma escola provisória, só que numa guerra o provisório dura tanto, que deixa de ser provisório.

Com o passar dos dias, conseguiram levar para o porão muitas cadeiras, mesas e caixotes, além de um imenso quadro-negro que ninguém sequer imaginava de onde poderia ter saído, já que era duas vezes maior do que qualquer quadro-negro visto antes na escola – claro, quando ela estava em pé.

A professora que nos recebeu era muito querida por todas as crianças que se viram obrigadas a frequentar o porão da estação. Já havia sido professora de muitos e, logo de início, falou olhando diretamente para todos nós:

– Cidadãos do mundo, em frente! A vida tem de continuar!

Talvez essa tenha sido a questão que mais me deixou confuso, naquele tempo. A professora tentava nos explicar que a guerra havia interrompido tudo, mas que nós devíamos ajudar a muitos que, simplesmente, queriam continuar a história de suas vidas.

A história de suas vidas? Por quanto tempo fiquei pensando naquilo!

Para mim, era difícil entender por que algumas coisas tinham de continuar funcionando apesar daquela enorme confusão. A escola, por exemplo. A classe que foi montada no porão da estação tinha meninos e meninas de todas as idades.

Uma classe só, mas que tinha, ao mesmo tempo, crianças que choravam por qualquer motivo, marmanjos que viviam fazendo coisas proibidas às escondidas, meninas de todas as idades e meninos como eu. Sentia-me como uma salsicha no meio do pão. Não era nem do grupo dos que choravam o tempo todo, nem do grupo que se considerava "muito" mais velho do que os outros. Era "do meio".

No dia a dia, quando conseguíamos sair para ir à escola, passávamos por uma cidade que, a cada manhã, ficava diferente. As montanhas de tijolos e pedras aumentavam, mudavam de lugar e faziam com que ruas inteiras desaparecessem sob os escombros. Sabíamos onde a "nova" escola estava. A estação não saía do lugar, mas os caminhos para chegar lá mudavam de um dia para o outro.

Havia momentos de grande silêncio. Parecia que não estava acontecendo nada. Parecia que todos estavam simplesmente esperando. Mas não era verdade. A professora tentava nos explicar que, nessas horas, as pessoas estavam simplesmente tentando continuar.

Embora isso fosse difícil de entender, de vez em quando alguns exemplos que ela usava serviam para deixar as coisas um pouco menos difíceis.

No fim da Rua do Templo, uma daquelas chuvas noturnas deixou muitas montanhas de pedra espalhadas. Quase nada sobrou. Para falar a verdade, sobrou apenas o muro do templo. Para falar ainda mais a verdade, sobrou apenas uma parte do muro do templo.

Alguns homens e mulheres, todo dia, no mesmo horário, chegavam ante o pedaço de muro e ficavam lá minutos em silêncio com as mãos e as testas encostadas naquele resto de parede.

Eu queria saber o que significava aquilo.

A professora respondia com calma:

– Eles precisam continuar falando com Deus.

É claro que eu pensava que aquilo era uma loucura. Afinal de contas, por que não falavam com Deus nas próprias casas ou em qualquer outro lugar? Por que tanto trabalho para chegar e permanecer em frente de um pedaço de muro?

Ela respondia com mais calma ainda:

– Isso não tem sentido para você, mas tem sentido para eles. Eles querem continuar a fazer coisas que os pais dos pais de seus pais já faziam. Estão mostrando o que sentem e o que julgam ser mais importante do que tudo, apesar da guerra e apesar das pessoas que olham para eles como se fossem estranhos, diferentes.

Nem houve tempo para que a classe pensasse qualquer outra coisa, e ela nos desafiou com uma pergunta:

— Todos por aqui sempre viveram nesta cidade?

— Como assim? — perguntamos em seguida.

— Será que nenhum de vocês vem de outro lugar?

As aulas começaram a ficar assim. Alunos tão diferentes em idade não podiam mesmo aprender, na mesma classe, matemática ou geometria. Cada vez mais falávamos de nós mesmos. Ela insistia que a vida tinha de continuar. Nós voltamos para casa naquele dia com a obrigação de descobrir alguma coisa sobre a história das nossas famílias.

3

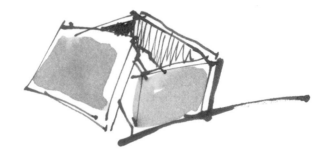

Minha mãe tinha uma caixa de fotografias. Meu avô tinha uma grande memória. Nas fotos, vi meu avô muito mais jovem, quando ele mesmo era criança. Numa das fotos, atrás dele vi um navio. Ao seu lado, estavam muitos homens de chapéu, malas e, mais atrás ainda, mulheres entre sorridentes e cansadas.

Perguntei o que era aquilo e ele me contou que, naquele dia, estava no porto esperando a chegada de sua mãe.

– De sua mãe? Como assim? Da minha bisavó?

Então descobri que o pai de meu avô fugira de uma outra guerra em outro país. Descobri também que para realizar aquela fuga meu bisavô passara por muitas dificuldades, pois quase não tinha dinheiro. Ele viera num mês de janeiro trazendo meu avô, que então era só um menino. Só dois meses depois a mãe de meu avô chegara e, com ela, seus dois outros irmãos.

Contou-me que lá, onde viviam, seu pai tinha um curtume. Como não entendi, explicou-me que era uma espécie de pequena fábrica onde ele e seus irmãos tratavam couro e depois vendiam.

– As melhores lembranças da minha vida ficaram lá – disse meu avô, suspirando de saudade. Depois completou: – Como eu era pequeno, conseguia passar por debaixo dos instrumentos da oficina e me esconder nos montes de madeira que ficavam no fundo. A gente brincava com coisas diferentes...

Aquela foto antiga era a única que restara daquelas pessoas queridas para ele. Todos nós ficamos em silêncio quando ele disse que, um dia, de repente, seu pai chegara e explicara que tinham de partir, pois pessoas como eles estavam sendo cada vez mais perseguidas. Meu avô não entendera por quê. Mas, em menos de um dia, saíra de sua casa, de seu quintal, de sua oficina e nunca mais voltara. Aquela história havia parado por ali.

Da viagem de navio lembrava pouco, pois tivera febre e dormira quase o tempo todo.

Por debaixo dos papéis e das coisas que estavam naquela caixa, havia um pano dobrado. Um pano de cor alaranjada. Meu avô o abriu e o segurou quase emocionado. Assustei-me um pouco, tive a sensação de que meu avô queria chorar.

– Este pano – ele contou – era um pedaço da bandeira do meu país antes daquela guerra. Depois da guerra, até o nome do país ficou diferente. Mas este pedaço de bandeira lembra um pouco do melhor momento da minha vida.

– Você não gosta da nossa bandeira lilás? – perguntei.

– Gosto, sim. Mas nem a bandeira lilás nem a bandeira alaranjada significavam grande coisa para mim. Na realidade, o que mais me importa é a lembrança de um momento que foi interrompido de repente, e só a memória e alguns pequenos objetos me ajudam a continuar a viver, meu netinho.

Quando contei isso, no dia seguinte, a professora fez um comentário sobre meu avô e disse algo que nem eu sabia. Disse que o conhecia e que o admirava. Contou que ele sempre recolhera dinheiro para auxiliar as pessoas que se mudavam para a cidade, especialmente pessoas que chegavam de lugares distantes.

A professora usou o exemplo de meu avô para dizer que a história da vida dele era parecida com a história de muitos outros homens, mesmo daqueles que nasceram em lugares diferentes.

Quando falei da bandeira alaranjada, ela brincou dizendo que, se juntássemos os panos de muitos baús, de pessoas que foram obrigadas a sair de casa para nunca mais voltar, faríamos bandeiras de arco-íris, pois muitos neste mundo tornaram-se retirantes.

O jeito com que ela falava conseguia manter em silêncio quase todos naquela classe tão misturada. Apenas os muito pequenos não deixavam de ser pequenos, e dormiam, choravam ou pediam para voltar para casa.

4

Eu já achava que a história da família de meu avô era muito diferente, quando percebi que muitos trouxeram histórias de certa forma parecidas.

Muitos tinham avôs e avós que vieram de longe. Alguns se lembravam de outros lugares, pois eles mesmos passaram pela experiência de mudar. Alguns contaram que seus pais trocaram de cidade ou de país não porque fugiam de guerras, mas porque não tinham trabalho por lá.

A professora nos disse que toda cidade, pequena ou grande, tem pontos de chegada e pontos de partida. Pessoas chegam a pé, a cavalo, de trem, de navio, de avião, de carro, conforme o tamanho da cidade. Na nossa, por exemplo, antes da guerra, a maioria das pessoas chegava de trem. Alguns vinham a cavalo e poucos de carro ou ônibus.

Nossa cidade não tinha mar, mas tinha um rio enorme pelo qual alguns barcos grandes chegavam de vez em quando. Nossa cidade não tinha aeroporto.

A professora tentava nos mostrar que a história da vida das pessoas pode modificar-se por vários motivos:

— Os pontos de chegada e de partida que todas as cidades têm, mesmo que sejam muito pequenas, podem ser, para muitos, uma tentativa de recomeçar ou uma necessidade de encontrar outro lugar. Depois, quando já vivem na nova cidade, as pessoas costumam ser tratadas de uma forma estranha, como se não fossem nem de dentro nem de fora da cidade.

Ela explicou isso usando o nosso próprio grupo como exemplo. Um de nós era filho de chineses, embora tivesse nascido por ali. Todos o chamavam de "chinês" e um ou outro dizia "o China" para referir-se a ele. Percebemos, então, que entre nós havia pessoas que eram tratadas como se fossem pedaços de um lugar qualquer. Perguntamos se ele ou seu pai não tinham também um pedaço de bandeira, mas ele não soube responder. A história dele parecia a história de um lugar que continuava por aqui. Que confusão!

— Mas, afinal de contas — perguntava a professora —, o que é então a história da nossa cidade?

5

Nós éramos crianças. Uns mais novos e outros mais velhos, mas a guerra fez com que tivéssemos de usar a memória para refazer nossa cidade com latas, caixas de papel, papelão e pequenos tijolos. Ali, naquela classe que funcionava no porão da estação, começamos a montar nossa cidade em miniatura. Sucata não faltava, porque tudo virara um grande depósito de sucata.

A professora, para continuar a falar das pessoas que modificavam a história de suas vidas, propôs que começássemos o trabalho pelos pontos de chegada e de partida. A todo momento, ela interrompia nosso trabalho para lembrar alguma coisa importante:

– Estamos começando pelos pontos de chegada e partida, mas pode ser que a cidade tenha surgido em outro ponto qualquer.

Como saber?

A biblioteca da cidade já não existia. Parecia que todos sempre souberam onde ficava o ponto inicial da cidade, mas ali, no meio de tanta confusão, rapidamente todos perdiam as certezas que tinham.

Começamos a pensar num jeito de reencontrar a história da cidade. Iríamos, primeiro, descobrir como os lugares se foram formando para depois continuar a fazer a cidade de sucata. Para os menores, isso era mais difícil de entender. Pensavam que a cidade sempre estivera pronta.

Ela nos deixou falar à vontade. Tínhamos certeza de que ela se lembrava de muita coisa e que só não falava para ver até onde conseguiríamos chegar.

– O jornal!

– Como assim, o jornal?

– Será que, se nós lermos jornais antigos, não poderemos descobrir alguns fatos passados?

Onde existem, os jornais costumam trazer em suas páginas notícias do dia a dia que, lidos tempos depois, podem ser vistos como documentos. Quando a professora disse isso, ninguém entendeu nada.

Então ela mostrou sua certidão de nascimento:

– Vejam, é um documento. Se alguém olhar este papel muitos séculos depois, saberá que, neste dia escrito aqui, nesta cidade indicada aqui, filha desta pessoa e desta outra pessoa, existiu alguém que recebeu este nome aqui.

Ela falava e apontava os lugares com a mão direita.

– É um documento, mas é também uma informação. Se é uma informação, já é um documento importante para quem quer contar uma história. Vocês estão procurando a certidão de nascimento da cidade.

– Mas ela tem uma certidão de nascimento como essa?

– uma das crianças mais novas perguntou sincera.

– Claro que não! – respondeu a professora, enquanto as crianças mais velhas caíam na gargalhada. – Claro que não, porque ela não é uma pessoa, como nós somos, mas, se vocês todos – disse apontando para a turma – observarem à volta com atenção, poderão encontrar vários documentos espalhados por aí nos quais estão escritas informações importantes sobre a história da nossa cidade. Procurem jornais antigos, se for possível – propôs, mas propôs também que pensássemos noutras coisas.

6

– Como as pessoas guardam informações para o futuro?

Ela avisou que, para responder a essa questão, deveríamos lembrar que todos guardam informações, porém nem sempre da mesma forma e nem sempre de propósito. Algumas vezes a informação é guardada com a intenção de conservar a lembrança de alguma pessoa, de algum lugar ou de algum acontecimento. É o caso das fotos, por exemplo.

Algumas vezes, porém, a informação é guardada para o futuro assim, meio sem querer. Para explicar isso, a professora levou-nos até uma sala que ficava perto da estação. Alguns objetos do museu destruído estavam guardados lá. Para comprovar que algumas pessoas produziam informações para o futuro, mesmo sem querer, ela nos mostrou um quadro de um pintor que vivera na cidade muito antes de nós nascermos:

– Vejam bem o quadro, o que ele nos mostra?

No princípio, não vimos nada de muito diferente, mas, conforme ela falava, o quadro transformava-se:

— Observem as pessoas andando pela rua no quadro. Vejam como elas se vestiam e como eram diferentes os costumes. Vejam as roupas das mulheres e dos homens. O que há por detrás das pessoas passando na rua?

— Cavalos?

— Reparem nos meios de transporte. Todos os meios que existiam dependiam da utilização dos animais. E o que está acontecendo no quadro?

Era a inauguração da ponte que juntava nossa cidade com outra que ficava lá do outro lado do rio.

— Reparem bem nas pessoas do quadro. Quando ocorreu tudo isso?

— É impossível descobrir!

— Reparem em todas as pessoas pintadas. Quando ocorreu a inauguração da ponte?

Uma menina que quase não falava, de tão tímida que era, passou por nós e apontou com o dedo um canto da tela onde estava pintado um homem lendo jornal. Ali, em letras muito pequenas, no alto da página do jornal pintado, estava a data daquele dia. Era uma brincadeira do pintor, mas era também uma forma de fazer daquele quadro uma certidão de nascimento.

— Quando nasceu a ponte?

Olhamos todos para o cantinho da tela e respondemos.

Como disse no início, durante as guerras muitos desejam que nos lembremos que moramos num país, que temos uma língua e que todos somos muito parecidos. Parece que se esquecem de que vivemos todo dia numa cidade, numa rua, numa casa. Quando caem casas e ruas, tudo fica bem mais confuso em nossas cabeças, porque o país está sendo atacado, mas é a casa das pessoas das cidades que são destruídas.

A professora organizou alguns grupos e deu a cada um tarefas especiais. O grupo no qual eu estava deveria observar as placas das ruas e os "monumentos".

A maioria das placas não possuía muitas informações. Algumas mostravam o que se podia ou não se podia fazer. Outras indicavam os nomes das ruas. A placa da Rua 11, onde eu morava, estava pela metade.

Nós encontramos, porém, duas placas diferentes e, por isso, anotamos o que estava escrito em cada uma delas. Na primeira estava escrito:

"Os ferroviários deste bairro saúdam o primeiro dia do século."

Na outra estava escrito:

"Praça dos Imigrantes

Uma homenagem aos vinte anos de sua chegada."

A professora gostou muito. Na primeira placa, descobrimos que, quando o século chegou, nossa pequena cidade já tinha ferrovia. Na segunda, percebemos que a entrada de pessoas de outros países havia transformado a cidade de alguma maneira e que, no momento em que a placa fora colocada naquela praça, fazia vinte anos que um grupo de pessoas havia modificado a história de suas vidas.

A segunda placa tinha um problema. Ninguém se havia lembrado de colocar uma data nela. Então, não sabíamos exatamente de que tempo estavam falando. Fazia vinte anos que haviam chegado, mas desde quando?

– Alguns documentos têm informações incompletas e nem tudo está escrito pela cidade como está em nossa certidão de nascimento – explicou a professora. – Nesses documentos espalhados pela cidade, as informações, às vezes, precisam ser somadas e os acontecimentos, comparados.

Um dos meninos descobriu algo interessante. Ele achou uma foto guardada, toda amarelada, que mostrava a construção do relógio da praça. Era um relógio enorme e que, felizmente, até aquele momento ainda estava lá. Na foto, apareciam a construção, os trabalhadores, pessoas passando e, num ponto à direita, lá estava a placa sobre os imigrantes.

Sabíamos pouco, mas depois daquela foto descobrimos um pouco mais. Os imigrantes já estavam na cidade antes da construção do relógio. Quase todas as crianças pensavam que aquele relógio era o objeto mais antigo que conheciam. Todas ficaram impressionadas quando descobriram que várias coisas eram mais antigas.

Algumas perguntaram aos avós sobre a construção do relógio e, com isso, mais informações surgiram. O relógio, na verdade, não era tão velho assim. Sua aparência era antiga porque próxima a ele foi construída uma fábrica. A fumaça da chaminé da fábrica escureceu a parede da torre onde estava o relógio e, por isso, rapidamente ele ficou parecendo ser antigo. Apesar da confusão, fomos, no dia seguinte, visitar a Praça do Relógio.

8

Como eu já disse, o pior da guerra é que, de repente, nos separamos de nossa família. Foi o que aconteceu como consequência de nossa visita à Praça do Relógio.

O lugar estava deserto, abandonado e silencioso. Não lembrava nem um pouco o trecho agitado por onde passavam pessoas apressadas que sempre erguiam a cabeça para conferir o horário nos ponteiros gigantes que giravam na torre.

A professora pediu que pensássemos no seguinte:

– Pensem no dia a dia antes da guerra. Quantas pessoas passavam por aqui?

– É impossível saber!

– Isso mesmo, é impossível saber. Apenas podemos lembrar que uma multidão passava por aqui todos os dias. Quantas vezes estamos dentro de grupos cujas pessoas não conhecemos?

– Como assim?

– Vamos pensar nas fotografias, novamente. Se olhásse-mos para uma fotografia desse lugar, naqueles momentos de agitação, veríamos muitas pessoas indo para o mesmo lugar.

– Mas e daí?

– Quantas, entre elas, se conheciam, de fato? Quantas não faziam o mesmo caminho todo dia ao lado de muitas pessoas sem conhecer sequer uma delas? Nossa professora era assim. Tentava o tempo todo fazer com que percebêssemos o que estava à nossa frente. Ela dizia que a história da vida das pessoas estava espalhada pela cidade e que nós poderíamos recolher as peças como quem monta um quebra-cabeça.

Naquela conversa sobre a multidão, ela nos falou que em muitos momentos de nossa vida fazemos parte da história de grupos que se formam.

– Alguns grupos permanecem por muito tempo, outros só se formam em momentos especiais e logo desaparecem.

Para explicar isso, mostrou dois recortes de revistas. No primeiro, estava, lado a lado, a imagem de uma reunião de pessoas que protestavam contra o fechamento de uma fábrica, noutro uma imagem de um grupo dentro de uma igreja. O primeiro grupo formara-se num momento especial para resolver um problema especial. Aquele grupo poderia continuar existindo ou não, dependendo da necessidade dos participantes. Nenhuma das pessoas mostradas naquela imagem de revista era o que era só porque estava naquele grupo. Mas a história daquelas pessoas não poderia ser contada sem lembrar que participaram, um dia, de um protesto.

– Um problema pode fazer com que pessoas diferentes tenham, pelo menos por um pouco, uma história em comum. Para explicar o que queria dizer com "história em comum", usou muitos exemplos. Pediu que pensássemos em pessoas que viviam próximas quando ocorreu uma enchente, ou quando ocorreu uma grande seca, ou quando ocorreu uma guerra parecida com aquela que estávamos vivendo.

– Nesses momentos, passamos por problemas que muitos outros seres humanos já passaram.

Um menino ergueu a mão pedindo para falar:

– Uma vez, professora, eu vi cair um raio numa árvore e nunca mais me esqueci disso.

Todos riram achando que o exemplo não tinha nada que ver com aquilo que a professora estava falando. Mas ela, para nossa surpresa, achou ótimo o exemplo.

– Na nossa vida existem os acontecimentos rápidos e os acontecimentos lentos. Alguns tiveram a oportunidade de ver um raio caindo, um furacão passando ou uma grande enchente. Isso ficará em sua memória para sempre. Mas esses acontecimentos começaram e acabaram rapidamente. Outras vezes, somente com o passar de muitos anos percebemos algumas mudanças que ocorreram mais lentamente. Por exemplo, a chegada de estrangeiros na nossa cidade pode mudar os hábitos das crianças, que passam a conviver com os filhos dos imigrantes. Somente muitos anos depois é que se percebe que algumas palavras se misturaram, que algumas receitas de comida foram aprendidas e que costumes nascidos tão longe passaram a fazer parte da vida das pessoas da cidade.

9

Continuamos a observar os recortes da revista.

Na imagem das pessoas dentro da igreja, conseguimos achar o tio de uma das meninas que estava ali conosco. A professora usou aquele tio como exemplo:

– Para estar ali, ele não precisa que ninguém tenha a mesma fé que ele tem.

Mas ele acredita em algumas coisas que vários outros homens e mulheres também acreditam, mesmo que vivam em outros países e falem outras línguas. A história desses homens e mulheres pode ser pensada como a história de pessoas que estão juntas ainda que nunca tenham estado no mesmo lugar.

Outro recorte da revista mostrava a imagem de uma mãe ensinando uma menina a bordar. Nossa professora tentava nos explicar que um outro tipo de história acontece dentro das casas, de qualquer tipo de casa.

– Muitos séculos depois – ela dizia –, alguém poderá descobrir que, na vida particular das pessoas, também acontece

33

uma história que só poderá ser entendida se for vista com documentos diferentes.

– Como? Documentos diferentes?

Ela explicou:

– Quando algum pesquisador encontra uma ferramenta muito antiga, ele pode estar descobrindo também o que algumas pessoas faziam há muito tempo, porém, alguns objetos podem mostrar que algumas coisas só eram feitas em lugares especiais. Por isso, esses objetos podem ser documentos que nos ajudam a perceber como algumas atividades aconteciam no dia a dia, longe da vista das pessoas, no interior de suas casas. Assim como a certidão de nascimento nos ajuda a entender o começo da história de uma pessoa, objetos, imagens e escritos podem mostrar como algo começou a ser feito.

Para nós, era difícil entender o que ela queria dizer quando falava em documento o tempo todo. Quando descobrimos que a ponte da cidade havia surgido num dia que estava pintado num quadro, entendemos que alguns papéis ou imagens podiam guardar informações, mesmo sem querer, sobre a vida das pessoas. Agora ela também estava chamando as ferramentas de documentos...

Ela nos desafiava:

– Será que, se nós formos contar a história de algum lugar ou de algumas pessoas, nós vamos encontrá-las em fotografias nas ruas, nos protestos, no caminho do trabalho? Será que não precisamos também buscar pelas pessoas que nunca aparecem nesses estranhos documentos?

35

Não estávamos entendendo muito. Ela percebeu isso, e contou-nos uma história de sua avó:

– Minha avó quase nunca pôde sair de casa. Viveu quase o tempo todo ao lado de sua mãe, minha bisavó. Nenhuma das duas pôde ir à escola. Em casa, quando terminavam os trabalhos domésticos, elas passavam longas horas, no período da tarde, tecendo tapetes. Eram tapetes simples, mas muito bonitos. Talvez alguém, ao procurar saber a história daquele momento, possa encontrar equipamentos de montaria e entender, com isso, que a maioria dos homens andava a cavalo. Talvez, se encontrar mapas antigos, descubra como a cidade foi se formando. Muita coisa pode ser entendida quando nos encontramos com o passado. Mas também, para se contar a história de um lugar, pode-se buscar algumas pistas, como se fosse possível fazer um trabalho de detetive. Os tapetes de minha avó podem ser pistas suficientes para ajudar quem estiver interessado em descobrir como viviam muitas meninas e mulheres naquele tempo, naquele lugar. Eu mesma aprendi que houve escravidão no lugar onde nasci depois que vi a fotografia de uma mulher escrava amamentando uma criança que não era escrava. Quando me contaram a história das mulheres iguais àquela que aparecia na foto, acabei aprendendo muito sobre esse horror que é a escravidão.

10

Quando começávamos a entender um pouco mais, nossa conversa ali na Praça do Relógio foi interrompida com um estouro. Esse estouro foi tão forte que os vidros de algumas lojas abandonadas se quebraram. Alguns homens passaram correndo e gritaram para a professora:

– Corra com as crianças. A cidade está sendo invadida!

A partir daquele momento, ela parecia uma galinha reunindo os pintinhos com suas asas. Começamos a correr ao seu lado e, de repente, alcançamos um outro grupo de crianças correndo ao lado de outra professora. Passamos a fugir misturados, sem saber para onde íamos, mas indo para o mesmo lugar. Corríamos, gritávamos, tropeçávamos e levantávamos. O coração parecia um tambor.

Escutávamos novos estouros, mas, aos poucos, eles foram ficando para trás. Paramos um pouco numa rua onde havia casas muito altas, de dois andares. Uma mulher abriu a porta e ofereceu ajuda, mas alguém, atrás dela, pediu que fechasse a porta dizendo que era arriscado ajudar desconhecidos. Olhamos uns para os outros e ficamos paralisados sem conseguir entender por que o homem não deixara a mulher nos ajudar. As crianças do outro grupo pareciam pensar o mesmo que estávamos pensando.

A professora pensou e agiu rapidamente:

– Se descermos correndo aquela rua, chegaremos à estação em dez minutos.

Acho que chegamos em apenas cinco minutos, deixando para trás os estouros, que, aos poucos, foram desaparecendo. Entramos desesperados no porão da estação berrando para que fechassem a porta. Quando já estávamos lá dentro, percebemos que o outro grupo havia entrado conosco.

11

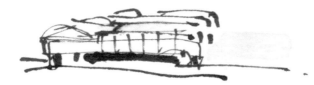

Ficamos assustados. Ficamos em silêncio. Agrupamo-nos num canto da estação e percebemos que a turma de crianças que tinha entrado conosco se agrupara no outro canto. Eles nos olhavam quietos, mas os mais novos choravam. Nós também olhávamos sem falar nada e nossos mais novos também choravam.

Nossa professora conversava com a mulher que estava com aquelas crianças. Pensávamos que ela era a professora da turma.

Naquele dia, recebemos uma notícia muito ruim. A cidade estava sendo invadida e não poderíamos deixar a estação enquanto não fosse seguro. Os estouros na Praça do Relógio aconteceram quando as tropas entraram na cidade.

Ficamos com medo, mas já estávamos acostumados com a estação, afinal de contas era nossa escola. O outro grupo ficou muito mais assustado.

Quando a noite chegou, tive muita vontade de estar em casa. Tenho certeza de que todos os outros também.

Nossa professora e a professora do outro grupo não paravam de conversar. Os outros adultos que estavam na estação falavam cochichando.

Não havia o que comer e, quando chegou a hora de dormir, tínhamos muita fome. As crianças do outro grupo traziam bolachas, as quais nos ofereceram. Naquele momento, cada bolacha parecia ser a comida mais deliciosa do mundo. Estávamos quase começando a conversar com aquelas crianças, quando nossa professora e a outra mulher começaram a organizar uma grande cama com os panos que estavam guardados na estação.

Baixamos muitos panos e esticamos tudo que podíamos colocando uns sobre os outros em camadas. Havia uma pequena abertura na parede, pela qual entrava um vento muito gelado e forte. Fizemos uma grande fila para ir ao único banheiro. Depois nos deitamos.

A professora percebeu nosso medo e começou a contar histórias. De repente, interrompeu o que estava fazendo e pediu para que eu a ajudasse a esticar um pano grande que estava enrolado ali ao lado. Subi nas estantes e prendi uma ponta no alto da parede e ela fez o mesmo do outro lado. Ficou parecendo que todas as crianças estavam dentro de uma barraca. O vento que entrava pela abertura fazia com que o pano ficasse estufado.

Ela olhou para cima e falou:

— Não é preciso ter medo. Todos nós estamos na cabana de vento. Se algo errado acontecer, sairemos voando.

Dormimos mais três noites na cabana de vento. Quando amanheceu o primeiro dia, tínhamos duas novidades. A primeira assustou-nos muito. Descobrimos que as crianças do outro grupo eram filhos de estrangeiros que viviam na cidade há muitos anos. Só que suas famílias eram justamente do país que, em conjunto com outro, estava em guerra contra o nosso.

– Então eles são nossos inimigos? – gritou uma menina.

A professora respondeu muito brava:

– NÃO! Não são inimigos de ninguém!

Ficamos olhando para eles como se fossem bichos de outro mundo. Ouvimos o zelador da estação falar que eles não deveriam sair dali, porque também estavam em perigo. Ele achava que certamente seriam agredidos pelas pessoas de nossa cidade, principalmente depois da invasão.

A outra coisa que descobrimos era que um pequeno grupo teria de correr o risco de sair para buscar comida.

12

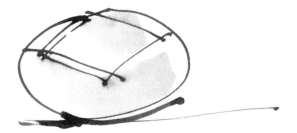

Por um bom tempo, olhamos para aquela gente como se fossem nossos inimigos. Na primeira vez em que um menino do nosso grupo foi ao banheiro e, por coincidência, alguém do outro grupo também foi, aconteceu a primeira confusão:
— Primeiro eu! Eu sou deste país!
O outro não falou nada. Aliás, ninguém falou nada, só que, quando o menino do nosso grupo saiu, antes que o outro entrasse, muitos correram para entrar no banheiro antes que ele conseguisse. Todos olhavam para ele como se dissessem: "Tenho mais direitos, porque sou daqui".

A segunda confusão aconteceu quando dois homens chegaram com uma cesta de pães. Disseram que ainda era muito perigoso sair e que seria mais seguro permanecer por lá.

Como tiveram de chegar ao porão da estação sem que ninguém percebesse, conseguiram apenas trazer poucos pães. Não havia como alimentar todo mundo. Foi quando uma menina disse:

– Não *tem* problema. Só o nosso grupo tem direito a comer. Os outros podem sair quando quiserem e pedir comida para os soldados que estão invadindo a cidade.

Muitos concordaram.

– Você esqueceu que eles deram quase todas as bolachas que tinham para nós?

– Isso foi antes de nós descobrirmos que somos inimigos.

A professora aproximou-se:

– Vocês estão em guerra contra eles?

– Não tem pão para todo mundo. É justo que nós comamos primeiro!

– É justo? Vocês sabem por que são inimigos?

Ninguém sabia responder a questão. Então, ela nos contou que, naquele momento, era arriscado para qualquer um sair da estação, mesmo para aquele grupo. As tropas que invadiram a cidade proibiram todos de andar pelas ruas. Eles poderiam ser atingidos antes que tivessem chance de se identificar.

– Quer dizer que vamos ter de aguentá-los aqui?

– Escute, querida, ponha-se no lugar do outro. Nunca deixe de fazer isso.

– E por que eles não se põem no nosso lugar?

– E quem disse a você que não? Não é possível que você declare guerra a alguém só porque todos estão fazendo isso. Você não poderia dizer "não" quando muitos dizem "sim"? Só falta agora vocês separarem os territórios aqui dentro!

Sentimos vergonha, porque era exatamente isso o que estávamos pensando. Alguns sugeriram que dividíssemos a estação para que não houvesse briga.

– Dividir a estação? Meio a meio? – Nossa professora estava perdendo a paciência.

Respondemos um pouco sem jeito:

– Não é bem meio a meio. Nós queríamos dar um canto para eles.

– Um canto? Nós somos quase o mesmo número de pessoas, só que nós ficaríamos com uma grande parte e eles com um canto? O banheiro ficaria em qual das partes?

– Na nossa, é claro!

– É claro mesmo. Suponho que inimigos não façam nem xixi nem cocô...

Ninguém respondeu. Ela perdeu completamente a paciência:

– Se não tomarmos cuidado, não haverá diferença alguma entre nós e as tropas que estão nos obrigando a ficar aqui num porão sem comida.

Os homens que trouxeram pão disseram que voltariam mais ou menos três horas depois com mais comida. Só que não voltaram. Quando fomos dormir, fazia tempo que não comíamos, nem nós nem os outros. Nem todos os que saem voltam quando há guerra. E, rapidamente, o que mais faz falta é o direito de ir e vir à vontade.

Apesar de tudo que a professora nos dissera, alguns continuavam propondo a marcação de um canto para os outros ficarem. Diziam que nossa professora era muito boa, mas poderia colocar a todos em perigo. Alguns diziam o tempo todo que um inimigo é sempre perigoso.

13

Nem bem o dia amanheceu, e todos nós estávamos acordados. Tínhamos muita fome. Os quatro meninos mais velhos do outro grupo vieram falar conosco. Disseram que iriam sair para buscar comida.

Nem esperaram pela resposta e saíram. A professora ficou parada, imóvel, olhando para os quatro, que subiam para sair pela abertura que ficava um pouco acima da cabana de vento.

Muitos entre nós pensamos que os quatro nunca voltariam. Inimigos não voltam, alguns falaram. Outros ficaram apavorados ao pensar que eles poderiam contar onde nós estávamos aos soldados das tropas que invadiram a cidade.

O dia passou, e a noite começava a chegar novamente. A fome era insuportável. Para piorar a situação, começou a esfriar, e muito. Escureceu.

Estávamos quietos, e nem a professora tentava nos animar. Ouvimos, de repente, um barulho na tampa que cobria a saída. Tivemos medo. Os maiores arrastaram a tampa com a autorização das duas mulheres adultas. Um homem entrou:

– Tirem essas coisas do caminho, rápido! Abram passagem, vamos, corram!

Ninguém entendeu nada, mas todo mundo obedeceu. Quando a passagem estava livre, o homem saiu correndo. Ficamos sem saber se fechávamos a entrada ou não. Acho que até a professora ficou um pouco sem saber o que fazer.

Cerca de dez minutos depois, escutamos um barulho. Vimos uma carroça enorme aproximando-se. Nela, os quatro meninos seguravam vários barris. O homem comandava as rédeas.

A carroça entrou e parou no meio do salão. Os quatro pularam e correram a fechar a entrada. Desceram os barris rapidamente. Viramos um formigueiro ao lado dos meninos. Quando abriram os barris, nossa professora e a professora do outro grupo tiveram muito trabalho para controlar nosso barulho. Dentro deles, havia muita comida, até chocolate.

Os quatro meninos, mais o homem que dirigia a carroça, foram em direção às crianças do outro grupo e as levaram para o canto da estação deixando toda a comida ao nosso lado. Ficou um grande silêncio. Um deles nos disse:

– Vocês comem primeiro.

Que vergonha eu senti! Que arrependimento! Se eu pudesse voltar o tempo, trataria muito melhor a todos eles.

Nossa professora, como sempre, resolveu:

– Minha gente, vamos comer todos juntos.

14

O pedaço de pão que engoli, assim como a bolacha da outra vez, pareceu a comida mais deliciosa que já havia provado. Comemos muito e rapidamente. Paramos de comer quando os adultos disseram que seria melhor guardar um pouco para mais tarde. Não era possível saber se teríamos comida novamente em tão grande quantidade.

Estávamos terminando quando o homem que dirigia a carroça começou a reunir as outras crianças. Avisou que sairiam rapidamente para que não perdessem a oportunidade de sair ainda à noite.

– Mas nós nem ficamos amigos ainda!

Já não havia tempo. Perdemos a oportunidade. Quando vimos, toda aquela gente estava saindo. Seguiam todos sentados na parte de trás da carroça. Olhavam para nós que ficávamos e continuavam em silêncio. Ninguém se despediu. Acenamos apenas. O pouco tempo em que vivemos juntos, ficamos como inimigos e nenhum de nós sabia dizer exatamente por quê.

Nossa professora agradeceu em nosso nome e disse que nunca mais nos esqueceríamos da ajuda que recebêramos, mas nenhum de nós disse qualquer coisa. Apenas os que ficavam olhavam para aqueles que partiam.

Levamos um susto quando a carroça que já seguia lá na frente parou e o homem que a dirigia desceu e voltou correndo. Ele voltava pelo escuro da passagem com uma pequena caixa de papelão na mão.

– Professora, eu me esqueci. A escola de nosso bairro foi atingida. Quando passei por lá tentei recolher algumas coisas, pois queria salvá-las, mas não consegui. No meio da confusão, vi esta caixa. Quando percebi que nela estava escrito "PARA O MUSEU DA ESCOLA", achei que poderia ser importante. Agora, estou pensando bem, acho melhor ficar com a senhora. Quem sabe, tudo melhorando, encontramo-nos e levamos esta caixa para algum lugar especial.

15

Não dormimos bem. Alguns ficaram dizendo que, apesar de tudo, eles eram inimigos. Outros mudaram de opinião e passaram a dizer que não eram inimigos coisa alguma. Sem eles, nenhum de nós teria sido alimentado, disseram.

A professora teve a ideia de recomeçar nossas aulas. Queria que voltássemos a pensar na história da cidade, nas coisas que descobrimos quando aprendemos sobre os muitos documentos que encontramos. Falou bastante sobre a Praça do Relógio, que visitávamos quando toda a confusão começou.

Como a caixa que ficou com ela tinha o aviso de que deveria ser levada ao museu da escola, ela a abriu para que pudéssemos, juntos, descobrir o que havia dentro.

– Eles tinham um museu na escola?
– Acho que sim, não sei. Vamos ver?

A caixa tinha alguns objetos, um envelope grande e bem velho e uma camisa dobrada.

– Vejam como era a escola em outros tempos. Não temos nenhuma data aqui, mas dá para ver que essa camisa era parte de um uniforme escolar. Vejam como as crianças se vestiam para ir à escola.

– E o que é isto?

– É uma pena e um pequeno vidro. Se for o que estou pensando, é o instrumento que usavam para escrever. Molhavam a pena na tinta e escreviam.

– E isto aqui?

– Não sei. Talvez seja um instrumento que só as meninas recebiam, para aprender a fazer trabalhos manuais. Mas não sei, sinceramente. Teríamos de descobrir uma imagem daquele momento, ou entrevistar alguém com mais idade.

– E o que tem dentro do envelope?

Dentro do envelope, havia uma redação escrita com uma tinta forte sobre um papel que estava quase desmanchando.

– Desde quando as pessoas fazem redações?

A professora não respondeu. Pediu que fizéssemos silêncio para que ela pudesse ler. A criança que escreveu aquela redação não havia colocado a data no papel. Não sabíamos de quando ela era. Ficamos pensando que alguém, há muito tempo, fez algo que, para nós, era muito comum. Qual seria a diferença entre uma criança na escola de nosso tempo e a criança na escola que já não existe?

A professora começou a ler. Primeiro leu em voz baixa para ver se conseguia entender a letra de quem escrevera. Ela lia e sorria. Depois começou a ler em voz alta. Antes de começar,

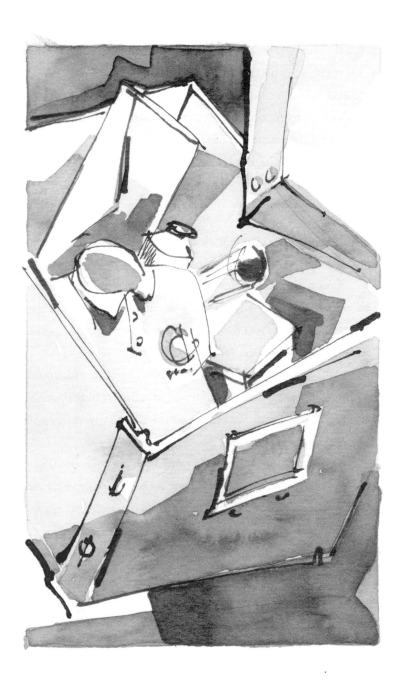

disse, acho até que com alegria, que conhecer o passado poderia nos mostrar situações muito diferentes.

– O passado também pode ser uma surpresa – ela disse.

– Vocês poderão encontrar fatos e pessoas muito parecidas com aquilo que somos hoje em dia.

Começou, então, a ler bem devagar:

Meu amigo casacão

Gosto da escola. Nem sempre. Algumas vezes gosto mais, algumas vezes gosto menos. Gosto mais de escorregar na rampa gramada que existe na minha rua usando um pedaço de madeira com graxa.

Nunca gostei do uniforme da escola. Sempre achei nossas botas muito pesadas e a gravatinha muito apertada. Eu detesto tanto esta gravatinha que resolvi batizá-la com um nome especial. Minha gravata chama-se "soldadinha".

É que todos nós na escola temos muita raiva dos soldadinhos. Por causa deles, nossa vida transformou-se numa grande confusão. Já tivemos de mudar muitas vezes e acostumamo-nos a correr para entrar em algum esconderijo.

Nenhum de nós sabe por que tudo isso está acontecendo, mas, todo dia, quando coloco a gravatinha, eu penso: "Vou vestir esta 'soldadinha' e ficar a manhã toda sentindo o pescoço enforcado".

Mesmo já acostumado com ela e não me sentindo assim tão enforcado, eu sempre me lembro que tenho de sentir raiva dela, porque ela é minha inimiga.

Nosso uniforme é feio e pesado, mas eu gosto mesmo do casacão. No inverno, quando começar a nevar, poderemos usar os casacões. Eu gosto do meu, porque, dentro, existe um bolso secreto.

Nesse bolso, eu posso levar para a escola meu camundongo Sdruvz. Nunca ninguém percebeu, mas acho que, até hoje, o Sdruvz sabe mais matemática do que eu. Eu tenho medo de...

A leitura parou por ali, porque o verso do papel estava manchado e não era possível entender o que estava escrito.

– Desde quando estamos em guerra, professora?

– A guerra do menino da redação não é a mesma que estamos vivendo. Pode até não ter acontecido e tratar-se apenas de uma invenção dele, mas, por outro lado, parece que ele viveu, sim, um momento de guerra.

– Ele se parece com a gente.

– Nossa! Nós lemos apenas alguns parágrafos da redação de uma pessoa que nós nem sabemos quando viveu, nem onde, e vocês acham o autor parecido com vocês?

– É que ele também viveu durante uma guerra. E ele também tinha inimigos.

– E vocês acham mesmo que têm inimigos?

– E não? Olha como está nossa cidade! Olha onde nós estamos!

– Vocês têm raiva de pessoas que nem conhecem só porque outras pessoas também têm. Do outro lado, há quem pense que vocês também são inimigos perigosos. Vocês são?

– Nós não, de jeito nenhum!

– Mas quem foi então que propôs que as crianças que estavam conosco ficassem num canto, sem direito ao banheiro e sem poder ir e vir? Acho que, naquele momento, as ideias que vocês estavam tendo eram perigosas, sim...

16

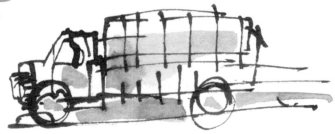

O dia amanheceu com uma novidade que nos deixou explodindo de felicidade. Meu pai chegou na estação para me buscar. Com ele, vieram outros pais e, pelo que entendi, alguma coisa havia mudado naquela guerra.

Voltei para casa sentado no colo de meu pai. Estávamos na parte de trás de um caminhão bem velho, que andava vagarosamente. Eu não falava nada, só sentia a delícia que era estar no colo dele, encostado no seu peito. Pensei que estávamos voltando para casa e que logo encontraria minha mãe.

O que víamos, no caminho, era que as montanhas de tijolos tinham aumentado muito. Os muros que separavam algumas ruas já não existiam.

O caminhão foi obrigado a parar em frente ao lugar onde as pessoas erguiam as mãos para a nossa bandeira lilás. Quando vi, quase não acreditei, a bandeira lilás não estava mais lá. No seu lugar, estava uma bandeira xadrez, bem nova, que ficava balançando com o vento frio que batia, enquanto um soldado a vigiava.

Minha casa estava inteira. Bem, quase.

17

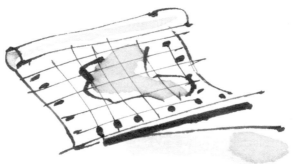

Minha casa estava quase inteira porque a rua onde eu morava havia sido muito danificada. Então, onde eu morava não havia mais água na torneira porque os canos da rua haviam sido destruídos.

Minhas coisas ainda estavam lá. Não sabia bem o porquê, mas eu me sentia na obrigação de prestar atenção nas coisas, mesmo na situação confusa em que estavam, para poder explicá-las para a professora. Fiquei com aquela ideia de que tudo poderia ser um documento e comecei a escrever num pequeno caderno as informações que encontrava nos objetos.

Li a plaqueta que existia atrás do rádio e descobri que fora fabricado num dos países contra o qual estávamos em guerra. Eu gostava tanto daquele rádio! Nós escutávamos todo domingo à tarde um programa de perguntas e respostas. Nós vibrávamos muito quando um de nós adivinhava a resposta correta.

Guardei também um pedaço de jornal que embrulhava um par de sapatos e a coleção de selos de meu avô. Parecia que eu escutava a professora falando: "Vejam as informações que estão espalhadas nas coisas".

Todos os adultos estavam um pouco diferentes e muito ocupados. Estavam guardando alguns objetos em pequenos caixotes.

Dois meninos que estiveram comigo no porão da estação chegaram em casa na manhã do dia seguinte.

— Descobrimos onde está a placa!

— Que placa?

— A placa que ficava ao lado da escola. Nela está escrita a data de fundação da cidade, onde surgiu a primeira construção e mais algumas coisas. A professora vai adorar...

— Como é que vocês descobriram?

— Bem, nós não descobrimos. O sapateiro que trabalhava em frente à escola contou que ele mesmo tirou a placa quando começou a invasão.

— E por que ele fez isso?

— A placa foi feita pelo pai dele, que era escultor e fez o trabalho na madeira. O desenho da placa e as letras foram feitos com o formão e a talhadeira. Ele ficou com medo que fosse destruída.

— Então ele a enterrou?

— Isso mesmo, e, depois, nos deu o mapa!

— Mapa?

— Isso mesmo, um mapa. E não foi só para nós dois, não. Ele espalhou o mapa para muitas crianças. Disse que, depois da guerra, todos deveriam se lembrar de desenterrar a placa. Trouxemos uma cópia para você.

Fiquei pensando em tudo que me explicaram. Queria entender a razão de alguém gostar tanto de algo e, mesmo assim, deixar para outras pessoas a responsabilidade de encontrar aquilo.

No dia seguinte eu entendi o que estava acontecendo.

18

A guerra foi interrompida por uma semana. Todos os que quisessem ir embora deveriam aproveitar aquela oportunidade. Depois de sete dias nosso país seria definitivamente ocupado, e quem ficasse deveria adaptar-se às novas regras.

Minha família decidiu partir. O sapateiro que fez o mapa, também.

Não podíamos levar muita coisa. Aliás, não podíamos levar quase nada. Consegui uma pequena caixa para colocar alguns objetos que não queria deixar ali de jeito nenhum.

Guardei uma fotografia que tinha da professora. Guardei também um cartão-postal que tinha um desenho da estação de trem onde funcionara nossa escola. Guardei o mapa com a indicação do lugar onde estava a placa e guardei um pedaço da nossa bandeira lilás que meu pai conseguiu. Ele a dividiu em vários quadradinhos para que cada um pudesse ficar com um retalho.

Minha mãe embrulhou com muito cuidado alguns objetos de que gostava muito, mas que não poderia levar – algumas louças antigas que recebera de presente quando se casara com meu pai e alguns livros que ficavam numa estante da sala.

Escreveu um bilhete e colou no pacote:

Tenham a bondade de não destruir estas coisas. Significam muito para a família que está indo embora. Se não as quiserem, elas ficarão muito bem com uma família mais necessitada ou, quem sabe, num hospital ou num abrigo de crianças. Paz para quem fica.

Minha avó e meu avô decidiram ficar. Nada do que meus pais dissessem os faria mudar de ideia. Diziam que já não tinham idade para mudar. Ficariam mesmo que com novas regras e guardariam no coração tudo em que acreditavam.

Quando perguntei por que então eles não ficavam com a casa e com os objetos de que minha mãe gostava, descobri que os que ficassem seriam colocados num canto do país. Os que ficavam e os que partiam estavam dando adeus àquele lugar. Separar-me de meus avós talvez tenha sido a primeira grande dor de minha vida. Essa dor acho que nunca mais sarou.

Minha avó parecia estar completamente fora da Terra. Decidiu reunir a todos, adultos e crianças, e ensinar a cada um a fazer o pão especial que ela sabia fazer e que todos adoravam. No meio daquela enorme confusão, paramos e copiamos a receita que ela ditou. Para que sempre houvesse pão, alguém deveria guardar um pedaço do miolo para que o próximo pão pudesse ser feito. Não entendi como é que o primeiro pão poderia dar certo se não houvesse o miolo de um outro pão feito antes. Minha avó exigiu que cada um fizesse uma cópia. A minha eu também coloquei na caixa que estava levando. Era quase o meu baú do tesouro.

19

Um dia antes de nossa partida, choveu muito. Naquela situação, a chuva aumentava nossos problemas porque a água entrava nas casas com facilidade. Quando a chuva parou, havia muita lama. Um pelotão de soldados começou a vigiar nossa rua a distância. Nós, crianças, estávamos paradas em frente à rua, quietas e sem saber o que fazer. Os homens corriam com a arrumação das coisas. Estava chegando o momento de sair.

Dois homens que não conhecíamos apareceram para oferecer ajuda. Minha mãe olhou para eles com amizade, agradeceu e permitiu que ajudassem. Meu pai escorregou na lama e todos olharam para ele assustados pensando no que fazer, pois ele ficou imundo.

De repente, ele olhou seriamente para nós que estávamos ali e, sem dizer nada, apanhou um pouco de lama e jogou sobre as crianças. A seguir soltou uma gargalhada estranha, porque um pouco ele ria e um pouco ele chorava.

Ninguém precisou dizer mais nada. Começou ali a maior guerra de lama de todos os tempos. Adultos e crianças atacavam-se com pelotas de barro e, aos poucos, era quase impossível reconhecer quem era quem.

Percebemos depois que soldados do outro exército ficaram de longe nos observando e, sem resistir, começaram a rir também, mesmo que não se aproximassem.

No final, só pudemos entrar em casa novamente depois de nos livrarmos daquelas roupas, que ficaram dentro de um saco para quem o encontrasse no futuro. Lavamo-nos no gramado atrás da casa usando a água que estava guardada nos barris que armazenavam água da chuva. Se aquela água era para alguma emergência, aquela bagunça pareceu ser um bom motivo para usá-la.

Por incrível que pareça, no pior momento daquela guerra, quando estávamos partindo, sentimos alguma alegria.

20

Nunca mais vou me esquecer de nossa saída, quando fomos até o rio pegar uma pequena embarcação que nos levou até o Porto Grande, em outra cidade, para esperarmos o navio que nos levaria até outro país.

Cada um de nós se sentou na carroça com sua pequena bagagem e, lentamente, cruzamos a cidade. Era realmente uma despedida. Paramos diante do resto de muro onde pessoas diariamente rezavam. Elas ainda estavam lá. Paradas em frente ao muro, falando baixinho com os olhos fechados.

Meu pai disse que, mesmo quando a guerra terminasse e o templo fosse reconstruído, aquele pedaço de muro deveria ficar ali, para que as pessoas pudessem se lembrar do que passaram e do que significou para cada um deles aquele pedacinho de templo.

Lembro-me também que em todo o caminho não vi nenhuma vez a bandeira lilás de nosso país.

Entramos no barco menor, chegamos ao outro porto e entramos num navio enorme.

21

Não me lembro do que aconteceu no navio enorme. Assim que entramos, descemos uma escada e ficamos com muitas pessoas num andar de baixo. Fiquei doente, tive muita febre. Acho que, enquanto a viagem durou, dormi profundamente.

Melhorei quando estávamos para descer. Todos queriam chegar logo. Quanto mais nos aproximávamos do outro país, mais as pessoas se agitavam. Todos estavam ansiosos para começar vida nova.

Tivemos uma grande decepção. O país para onde estávamos indo não nos aceitou. Não entendi por quê, mas me lembro de um homem explicando que era preciso uma "negociação" para que pudéssemos descer em outro país, porque éramos muitos.

Como é que podia? Pensei que fosse impossível acontecer o que estava acontecendo. Tivemos de sair de nosso país e não podíamos entrar em outro.

O navio ficou parado dois dias sem poder se aproximar da terra. Como era de se esperar, a comida começou a acabar. Passamos a dividir o que tínhamos. Lembrei-me de quando nossa professora começou a falar conosco sobre documentos. Lembrei-me do dia em que ela usou sua certidão de nascimento como exemplo. Escutava na imaginação ela dizendo: "Aqui está escrito o local onde cada um nasceu, sua cidade, estado e país...".

De que país eu era, então? Meu país era um navio?

A situação na embarcação estava muito difícil, quando recebemos a notícia de que outro país havia construído um campo de refugiados para nós ficarmos enquanto o problema não fosse resolvido. No dia seguinte, já estávamos lá.

22

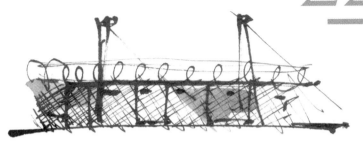

Ficamos apenas dez dias no campo de refugiados, até que recebemos autorização para irmos para outro país. No campo, dormíamos em barracas parecidas com a cabana de vento da estação. Havia uma barraca que funcionava como hospital e outra que funcionava como cozinha.

Lá estavam pessoas de vários países, todas fugindo da guerra. Era fácil perceber isso, porque alguns falavam outros idiomas. Em alguns momentos, eu ficava em silêncio e prestava atenção no barulho das vozes, e admirava-me, porque não entendia nada.

No terceiro dia em que estávamos no campo, comecei a andar por lá, porque não aguentava mais ficar sem fazer nada. Quando percebi, estava entre cinco meninos de cinco lugares diferentes. Ninguém conseguia falar com ninguém.

Estávamos quietos, parados um ao lado do outro, quando um vigia assobiou para nós. Olhamos assustados e vimos que ele tinha uma tábua na mão. Suas mãos estavam sujas de graxa porque ele havia engraxado a madeira.

Sem usar as mãos, ele olhou para a subida toda coberta de musgos e vegetação que existia atrás das barracas. Jogou a tábua perto da gente. Não foi preciso dizer mais nada. Pegamos a madeira, subimos e começamos a escorregar, descendo de dois em dois. Quase morremos de tanto dar risadas, embora não falássemos a mesma língua.

23

A brincadeira estava uma delícia, e só parou quando um menino bateu a testa no galho de uma árvore. Sua testa ficou roxa, e o corte na sobrancelha assustou a todos, porque fazia jorrar muito sangue.

Fomos correndo, para a barraca que tinha sido transformada em hospital, procurar ajuda. Lá reencontrei a nossa professora. Ela me abraçou com muito carinho e disse que aquele hospital do campo de refugiados havia sido montado por um grupo internacional que prestava ajuda aos povos dos países em guerra. Embora ela fosse professora, decidiu oferecer-se para ajudá-los como enfermeira voluntária.

Expliquei o que acontecera, e o menino foi socorrido. Levou alguns pontos e ficou o dia todo lá deitado sobre uma maca.

Dentro daquela barraca, a guerra mostrava o seu lado mais cruel. Lá estavam os feridos. Eram crianças, jovens, adultos e idosos. Nenhum deles tinha nada que ver com a guerra, mas foram atingidos. No canto da barraca, havia um cachorro com a pata dianteira enfaixada. Fiquei olhando para ele e parecia que ele também olhava para mim. Parecia que tentava me dizer que não queria participar das nossas lutas.

— Posso ajudar, professora?

— Pode, sim. Há muitas crianças em volta da barraca. Isso pode atrapalhar e até ser perigoso. Está vendo aquele senhor alto, de barba?

— Hum, hum.

— Ele conseguiu uma bola. Vá com ele e ajude a fazer que as crianças fiquem bem longe daqui.

24

Aquele senhor também não falava minha língua, mas nós nos entendemos sem falar nada. Ele me passou a bola e apertou minha mão. Para falar a verdade, estava me sentindo muito importante.

Conseguimos reunir vinte e seis meninos. Uma outra senhora reuniu mais de quarenta meninas e levou-as para outro canto para que brincassem. Mas as turmas não ficaram assim tão bem divididas, porque na hora em que o jogo de futebol começou dois meninos saíram e foram procurar o canto das meninas, e suas vagas foram ocupadas por duas irmãs que gostavam de jogar bola.

Os times, com treze jogadores de cada lado, foram montados com facilidade e com muita gritaria e agitação.

O campo de refugiados abrigava não só pessoas que saíram de seus países, como havia acontecido com minha família. Para lá, foram mandados também vários grupos de pessoas que tiveram seus lugares invadidos.

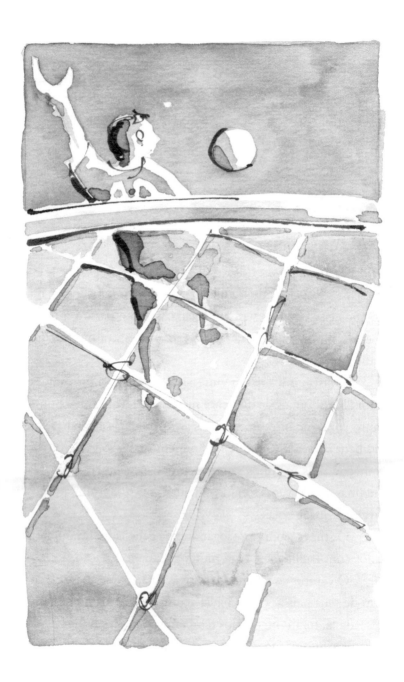

No meu time, quase ninguém falava a mesma língua. O jogo começou animado, e cada boa jogada ou cada gol provocava muita agitação. Um pouco antes do final da partida, aconteceu algo que ficou fotografado em minha memória.

Um garoto recebeu a bola na lateral daquele campo improvisado e correu com ela até a linha de fundo imaginária. Ergueu a cabeça e viu dois meninos livres de marcação na grande área, que não estava desenhada, mas que todos sabiam onde começava e onde terminava. Cruzou a bola com força e, quando ela passou pela área imaginária, um dos meninos jogou o corpo no ar, tirando os dois pés do chão numa espécie de cambalhota, e chutou a bola quando ela passou. Foi o gol mais lindo que já vi em minha vida.

Não havia traves nem rede, mas todos nós vimos a rede imaginária ser estufada pela força com que a bola entrou. Todos nós corremos para abraçá-lo e comemoramos muito, ainda que não falássemos a mesma língua.

Aquele grande jogo foi um momento de encontro e de despedida do campo de refugiados. Logo no dia seguinte, quando recebemos autorização para sair do campo, os adultos organizaram uma grande caravana, porque teríamos de chegar ao novo local a pé.

Assim que passei pela cerca de arame para sair, parei um pouco e olhei para trás. Por um instante, enxerguei novamente aquele gol acontecendo e tive certeza de que, para o resto da vida, sentiria admiração por aquele menino que não conhecia e de quem não sabia sequer o nome.

25

Caminhamos dois dias quase sem parar. Do pouco que tínhamos, perdemos ainda um pouco mais porque muitos não conseguiam carregar seus pertences. Eu segurava minha caixa do tesouro. Pensava que lá estavam a receita de pão de minha avó, o mapa que indicava o local onde a placa de minha cidade havia sido enterrada, a fotografia da professora e o cartão-postal da estação onde nos escondemos. Eu não largaria aquilo no caminho por nada.

Cruzamos a fronteira do país e entramos na primeira cidadezinha do país ao lado, onde nós poderíamos ficar.

Quando começamos a chegar na nova pátria, lembrei-me do que a professora nos ensinou sobre documentos. Lembrei-me da maquete que estávamos fazendo e que não pôde ser terminada. Lembrei-me de que todas as cidades, as grandes e as pequenas, têm pontos de chegada e pontos de partida.

Escutei meu pai falando a outros adultos:

– Vamos marcar bem o dia de hoje. É o dia em que estamos começando uma nova vida em um novo país que felizmente está nos recebendo.

Uma senhora aproximou-se e disse:

– Quem sabe, quando as coisas se acertarem, fazemos uma placa para lembrar o dia de nossa chegada.

Embora estivéssemos chegando a uma nova cidade, parecia que éramos ainda parte do antigo país, porque fomos, aos poucos, arrumando moradia uns próximos dos outros. Dessa forma, em poucos meses morávamos no bairro dos estrangeiros. Nele, falávamos nossa língua; nos outros bairros, falávamos a língua da cidade.

26

Eu tinha aprendido com minha professora a "ler as coisas". Percebi que naquele pequeno lugar os rádios usavam válvulas feitas em outro país. Tive de começar a trabalhar alguns meses depois para ajudar meus pais. No nosso bairro havia um relojoeiro e eu me tornei seu aprendiz. Ele morava em nosso bairro, mas não era do mesmo lugar que nós éramos, era de outro lugar que nem tinha passado pela guerra. Era um estrangeiro entre estrangeiros.

A relojoaria tinha muitos documentos. Tinha quadros de outros lugares, fotos de outros tempos e equipamentos de vários lugares do mundo. O relojoeiro tinha, inclusive, quatro relógios, que marcavam horários diferentes e que eram motivo de grande orgulho para ele:

– É o fuso horário!

Meus pais diziam que queriam sobreviver sendo o que sempre foram. Assim que tudo ganhou um pouco de organização, a primeira coisa que fizeram foi o pão ensinado por minha avó. Meus pais tornaram-se com o tempo donos de um armazém, onde vendiam aquele pão maravilhoso.

27

Um dia, a guerra acabou e a vida seguiu. Estou aqui acabando de escrever esta história em meu diário, para que alguém um dia saiba como eu me tornei "para sempre" um estrangeiro. Hoje, já sou quase adulto, como diz minha mãe. Meu pai voltou ao meu país para buscar minha avó quando meu avô morreu. Dois de meus melhores amigos voltaram para resgatar aquela placa enterrada e, quando ninguém mais acreditava que retornariam, voltaram triunfantes. Quando chegaram com a placa e colocaram-na no centro de nosso bairro, houve uma grande comemoração.

Hoje, pode não fazer sentido para ninguém, mas aqui no nosso canto sempre nos reunimos ao redor dessa placa. É interessante, porque ela conta o início da história de outra cidade em outro país. Poderíamos nos reunir em qualquer outro lugar, mas ali, ao lado daquela placa, parece que nos sentíamos muito bem.

Tenho sempre no meu bolso um pedaço da bandeira lilás, que na minha memória ainda fica balançando diante de

um grande parque que provavelmente nem existe mais. Mas eu não guardo o pedaço de bandeira porque quero adorar um pedaço de pano. Guardo apenas para lembrar um pedaço da história da minha vida que foi interrompida.

Não penso em mim como estrangeiro, mas, desde que a guerra começou, todo dia sempre houve alguém que de alguma forma disse que eu era "diferente". Depois que a guerra terminou, as pessoas continuaram a olhar-nos assim, como eternos visitantes.

Cada vez que como o pão de minha avó, eu sinto uma grande alegria e às vezes alguma emoção.

Toda vez que fico um pouco triste, penso na professora que tive durante a guerra. Penso também na nossa escola no porão da estação. Escuto sempre sua voz:

– Vamos ler as coisas do mundo?

Depois daquela experiência, eu não consigo deixar de procurar em qualquer objeto sua origem. Procuro sempre pistas, para entender quem fez aquilo e como o fez.

Penso também que me tornei um relojoeiro porque aprendi a pensar nos tempos do mundo. Cada país está num horário, cada pessoa está numa história e, de repente, todos estão juntos.

Minha vida continuou apesar da guerra, apesar de ter vivido num campo de refugiados e apesar de ter deixado para trás quase tudo de que gostava.

Outro dia, parei diante de uma praça e vi meninos e meninas jogando futebol. É claro que imediatamente apareceu em minha lembrança o gol marcado por aquele garoto lá no campo. Que gol!

Toda vez que volto para o meu bairro, o "bairro dos estrangeiros", paro em frente à nossa placa e escuto a voz de nossa professora:

– Cidadãos do mundo, em frente! A vida tem de continuar!